*Collection de l'***Histoire par le Bibelot**

HENRI & PAUL DARAGON

VOYAGE A PARIS

DE

S. A. le Bey de Tunis

Mohamed El-Hadi Pacha Bey

(12-15 JUILLET 1904)

PROGRAMME DU SÉJOUR — BIBELOTS — CARTES — PUBLICITÉ

OUVRAGE ORNÉ DE DEUX PLANCHES HORS TEXTE

ET D'UN FRONTISPICE INÉDIT PAR EUG. COURBOIN

PARIS (IXe)
H. DARAGON, Éditeur
30, rue Duperré, 30

1904

A MONSIEUR

STEPHEN PICHON

RÉSIDENT GÉNÉRAL DE FRANCE EN TUNISIE

Hommage respectueux
des Auteurs

H. ET P. D.

S. A. le Bey de Tunis à Paris

JUILLET 1904

IL A ÉTÉ TIRÉ DE CET OUVRAGE

125 exemplaires sur papier vergé.
10 exemplaires sur Japon Impérial.

S. A. LE BEY. par Eug. COURBOIN

Henri & Paul DARAGON

VOYAGE A PARIS

DE

. A. le Bey de Tunis

Mohamed El-Hadi Pacha Bey

(12-15 JUILLET 1904)

OGRAMME DU SÉJOUR — BIBELOTS — CARTES — PUBLICITÉ

OUVRAGE ORNÉ DE DEUX PLANCHES HORS TEXTE

ET D'UN FRONTISPICE INÉDIT PAR EUG. COURBOIN

PARIS (IXe)

H. DARAGON, Éditeur

3o, rue Duperré, 3o

—

1904

INTRODUCTION

Pendant son séjour en Algérie et en Tunisie, le Président Loubet manifesta au prince Sidi-Mohamed, avant de le quitter, le vif plaisir qu'il aurait à le revoir bientôt en France.

Se souvenant de cette invitation, S. A. le Bey de Tunis chargea aussitôt notre Résident général, M. Pichon, d'en négocier l'accomplissement et d'en régler les détails.

Après de nombreuses démarches, ce voyage fut fixé d'un commun accord du 12 au 15 Juillet, attention délicate entre toutes, car on connaît le goût militaire du prince, et, sa venue coïncidant avec la Revue du 14 Juillet, c'était une superbe occasion de faire défiler devant ses yeux notre belle armée. Sa présence, en outre, rehausserait l'éclat de cette cérémonie patriotique.

S. A. le Bey de Tunis trouvera certainement,

dans ces documents réunis en quelques heures, une note parisienne que ses nombreux voyages en France ne lui ont certes pas fait connaître.

Notre nomenclature sera peut-être incomplète, mais la rapidité avec laquelle nous avons dû recueillir les documents, les faire photographier et composer ce nouveau volume de la collection de l'Histoire par le Bibelot sera, pour nous, notre excuse.

En terminant, nous devons adresser nos remerciements aux nombreuses personnes qui nous ont aidé de leurs conseils et qui ont ouvert pour nous leurs collections. Ce flot de sympathies s'adresse tout particulièrement à MM. Montorgueil, M. Ribault, Cathala, F. Pichon, Colonge, Mardelay.

P.-H. D.

15 Juillet 1904.

S. A. le Bey de Tunis à Paris

JUILLET 1904

PREMIÈRE PARTIE

PREMIÈRE JOURNÉE. — Mardi 12 Juillet

Le Bey de Tunis est arrivé à Paris par le rapide de Marseille, auquel on avait ajouté deux voitures du train du Président de la République.

Dès que le train stoppe le long du quai, on fait descendre en hâte les voyageurs, afin qu'ils laissent la place vide pour le Bey. Bientôt paraît Mohamed El-Hadi. De haute taille, il porte un superbe costume de général tunisien, tunique noire couverte de dorures et chamarrée de quantité de décorations, pantalon rouge à bandes d'or. La poignée de l'épée richement ciselée est garnie de pierreries. Il est coiffé d'une chéchia écarlate, sur laquelle brille un gros diamant.

Derrière lui descendent Sidi-Mohamed el

Asis-Ban-Altour, son premier ministre, un vieillard alerte de quatre-vingt-dix ans, qui n'était jamais venu à Paris; ses deux fils; les officiers de sa garde et son médecin. Tous ces personnages ont revêtu de très beaux costumes tunisiens.

Les tambours et clairons de la compagnie de gardes républicains, qui rendent les honneurs battent et sonnent aux champs.

M. Mollard, chef du protocole, suivi de son sous-chef, le baron de Roujoux, s'avance et salue le Bey. Puis, le général Dubois vient recevoir le Bey au nom du Président de la République.

Mohamed El-Hadi remercie en quelques paroles et s'incline.

Une nouvelle présentation, celle du préfet de police, qui donne en hâte un dernier coup d'œil au service d'ordre, et le cortège se met en marche.

On traverse sans s'arrêter un salon orné de drapeaux français et tunisiens, que la Compagnie de Paris-Lyon-Méditerranée a coquettement aménagé, et on arrive dans le hall de l'arrivée où attendent les voitures du cortège.

Mohamed El-Hadi prend place dans le demi-gala avec le général Dubois, M. Mollard et le résident de France, M. Pichon. En montant, il salue militairement les curieux, qui applaudissent.

Le cortège se met en marche au petit trot, précédé d'un piquet de gardes républicains à cheval, et escorté d'un escadron de cuirassiers.

On fait le grand tour pour gagner l'Élysée-Palace, en prenant la rue de Lyon, la place de la Bastille, les grands boulevards, la rue Royale et enfin les Champs-Élysées.

A 10 heures et quart le Bey arrivait à l'Élysée-Palace et était aussitôt conduit dans ses appartements.

La journée de Mohamed El-Hadi, consacrée surtout aux visites, a été bien employée. A la fin de la matinée, il a rendu visite au Président de la République avec qui il s'est entretenu près d'un quart d'heure, dans le grand salon doré. Puis, sur leur demande, le Bey et ses deux fils ont été conduits près de Mme Loubet, pour la saluer.

Le Président a rendu presque immédiatement sa visite.

Après quoi, le protocole a accordé à notre hôte deux heures de grâce. Celui-ci en a profité pour quitter son costume de général et endosser une redingote. C'est dans ce costume européen qu'il s'est mis à table.

Il est 2 heures, et les visites de recommencer. Mohamed El-Hadi s'est rendu successivement chez les présidents des deux Chambres, le Ministre de l'Intérieur et le Ministre des Affaires étrangères qui lui ont rendu sa visite aussitôt son retour à l'hôtel.

Le soir, il y a eu, en son honneur à l'Élysée, dîner de gala et fête de nuit dans les jardins.

Sur les pelouses étaient disposées des milliers de petites lampes électriques multicolores et aux arbres étaient suspendues des fleurs lumineuses du plus gracieux effet. A l'extrémité du parc donnant sur l'avenue Gabriel on a procédé à des projections électriques qui ont vivement intéressé les invités du chef de l'État et de Mme Loubet.

A 10 heures et demie, le Bey donnant le bras à Mme Loubet et le Président de la République donnant le bras à Mme Fallières, sont allés au buffet qui était installé dans la galerie contiguë à la grande salle des fêtes.

A 11 heures, le Bey, après avoir pris congé du Président de la République et de Mme Loubet, a quitté l'Élysée.

DEUXIÈME JOURNÉE. — Mercredi 13 Juillet

Il y a eu, des modifications au programme arrêté précédemment : la promenade dans Paris n'a pas eu lieu, le Bey est resté toute la matinée dans ses appartements, donnant quelques audiences et conversant avec les personnages de sa suite, surtout sur l'accueil affectueux du président de la République et sur la féerique soirée de l'Élysée.

Avant de montrer à celui que la France a pris sous son protectorat, l'armée à la revue de Longchamp, le gouvernement a tenu à lui faire connaître le corps des officiers supérieurs, c'est pourquoi, le ministre de la guerre offrait un déjeuner en l'honneur du Bey.

La table, comprenant 150 couverts, était dressée dans la salle à manger des Armures et le salon carré; elle était ornée de surtouts Louis XV et Empire, couverts de fleurs et de fruits tunisiens.

Un peu avant 2 heures, le Bey a quitté l'hôtel du ministère de la guerre pour rentrer à l'Élysée-Palace. Au départ comme à l'arrivée, les honneurs lui ont été rendus par le poste du ministère de la guerre.

Réglée avec un soin méticuleux par MM. Bellan et Bouvard, la visite du Bey de Tunis à l'Hôtel de Ville laissera certainement un souvenir agréable à celui qui fut pendant quelques instants l'hôte de la municipalité parisienne.

Au seuil de l'Hôtel de Ville, le Président du

conseil municipal, le Préfet de la Seine, les hauts fonctionnaires, les généraux Dessirier et Niox reçoivent le visiteur, et, dans le salon des Arcades, le Bey, qui aperçoit le Président, va droit à lui, et s'incline en souriant.

Puis, un cortège imposant se forme et traverse la cour du *Væ Victis*, admirablement décorée, gravit le grand escalier d'honneur et pénètre dans la salle des fêtes, entièrement illuminée, et de chaque côté de laquelle les invités de la municipalité font la haie, tandis que la musique de la garde républicaine joue successivement l'*Hymne beylical* et la *Marseillaise*.

Mais le cortège s'arrête. Le Bey s'assied à la gauche du Président de la République. Le Président du conseil municipal et le Préfet de la Seine, debout, leur font face. En une courte allocution, ils saluent respectueusement Mohamed El-Hadi. Alors, celui-ci se lève, ajuste son lorgnon et lit le discours suivant :

« C'est une joie pour moi de me retrouver dans votre magnifique cité dont l'histoire est si glorieuse, et de venir dans la capitale de la France apporter l'expression des sentiments d'union indissoluble de la Tunisie avec votre grand pays.

« Je vous remercie de la fête que vous donnez en mon honneur à l'Hôtel de Ville, et de l'accueil inoubliable que me font les représentants de Paris. »

Le cortège se reforme, le Bey prend congé du Président de la République et se rend en voiture à la Monnaie, ou il est reçu par M. Arnauné, directeur, entouré de tous les chefs de service de cet établissement et des graveurs Patey et Paulin Rasset.

Après avoir visité les ateliers monétaires et assisté à la frappe de quelques pièces d'or, d'argent et de bronze, le Bey, conduit par M. Arnauné, est entré dans l'atelier des médailles.

Là, on a frappé en sa présence sur la presse Louis XIV, une médaille au coin gravé par Roëttiers et représentant la façade de l'hôtel de la Monnaie. Cette médaille dont le revers a été gravé spécialement pour notre hôte, porte l'inscription suivante : *Sidi Mohamed El-Hadi, Bey de Tunis, a visité la Monnaie le 13 Juillet 1904.*

A 7 heures, le Bey rentrait à l'Élysée-Palace, où il retenait au dîner qui lui était servi dans le salon blanc du rez-de-chaussée, MM. André, Ministre de la Guerre; Delcassé, Ministre des Affaires étrangères, Pichon, Mollard, Roy, le commandant Roulet, les officiers de son escorte MM. le docteur Lœvy, Labbé et quelques autres personnes.

A 9 heures, le Bey a quitté l'Élysée-Palace pour se rendre à l'Opéra, où l'on jouait le *Trouvère*; malgré l'époque avancée de la saison la salle était très belle, une assistance d'élite voulant témoigner en faveur du Président de la République et de son hôte. Mlle Flahaut a été très applaudie.

TROISIÈME JOURNÉE. — Jeudi 14 Juillet

Dès 7 heures les tribunes et les différentes enceintes réservées commencent à être envahies par les spectateurs privilégiés munis de cartes. A 7 heures et demie il ne reste plus une seule chaise disponible, les gradins et les terrasses débordent et le nombre des arrivants ne cesse de grossir. Pourtant chacun finit par se caser tant bien que mal et les retardataires eux-mêmes trouvent le barreau disponible sur lequel, pendant toute la durée de la cérémonie, ils auront le plaisir de rester perchés.

A 8 heures moins le quart, les présidents et les bureaux des deux Chambres traversent la pelouse en voitures de gala escortées par des dragons-lanciers.

Il y avait moins de monde que de coutume aux abords de l'Élysée, quand, à 7 heures un quart, le Président de la République est parti pour se rendre à la revue.

Le cortège se composait d'une calèche à la daumont, précédée du piqueur Troude, dans laquelle étaient montés M. Loubet, portant le grand cordon de la Légion d'honneur et la cravate du Nicham, et les deux secrétaires généraux de la Présidence, et de deux landaus; il était encadré par un escadron du 1er cuirassiers.

Les cuirassiers de l'escorte prennent le trot et, par l'avenue Marigny, le cortège gagne l'avenue des Champs-Élysées, tandis qu'éclatent quelques cris de : « Vive Loubet ! »

Le Président de la République est passé prendre le Bey de Tunis à son hôtel pour se rendre avec lui à la revue.

Quelques minutes avant l'arrivée de M. Loubet, un fonctionnaire du Ministère des Affaires étrangères était venu chercher les deux fils de notre hôte et les membres de sa suite pour les conduire à Longchamp, où ils se sont rendus sans escorte.

A 7 heures 20, au moment où le peloton de tête de l'escorte présidentielle est apparu au rond-point des Champs-Élysées, le lieutenant-colonel Roulet, officier d'ordonnance de M. Loubet, est monté prévenir le Bey. Celui-ci, qui portait un brillant uniforme et le grand cordon de la Légion d'honneur en sautoir, quittait ses appartements et attendait M. Loubet sur le perron de l'hôtel. Le Président descendait de voiture avec le général Dubois et s'avançait vers Sidi-Mohamed avec lequel il échangeait une poignée de mains.

Le Bey montait alors dans la calèche du chef de l'État en prenant place à sa droite.

De la foule, qui se faisait plus dense à mesure qu'on approchait du terrain de la revue, partaient de nombreuses acclamations.

Le premier coup de canon de la salve officielle retentissait quand le cortège débouchait au carrefour de la Cascade, non sans amener quelque perturbation parmi les chevaux.

Selon l'habitude, le cortège pénétrait sur le champ de courses par une coupe ménagée près du moulin où l'escorte le quittait. Le Ministre de la Guerre, suivi de son état-major, s'avançait alors au-devant des deux chefs d'État qu'il saluait de l'épée.

Aussitôt on hisse le pavillon national au-dessus de la loggia présidentielle et le canon du Mont-Valérien commence à tirer les cent-un coups exigés par le protocole.

Précédée et suivie par un escadron de cuirassiers, escortée par le Ministre de la Guerre, le Gouverneur de Paris et le chef d'État-Major général de l'armée, la daumont de gala s'engage, pilotée par le piqueur Troude, sur le front des régiments.

Suivant le nouveau règlement, les honneurs sont rendus l'arme au pied, mais les musiques jouent alternativement l'*Hymne beylical* et la *Marseillaise*. La revue proprement dite, d'ailleurs, ne dure guère plus de dix minutes au bout desquelles le Président revient vers les tribunes, salué respectueusement par les milliers de spectateurs qui crient vigoureusement : « Vive l'armée ! »

L'enthousiasme redouble lorsque le chef de l'État remet, avec le cérémonial habituel, les décorations à un certain nombre d'officiers généraux qui sont venus se ranger devant lui.

Le bataillon de Saint-Cyr, les officiers légionnaires et les drapeaux des troupes spéciales forment le cadre brillant de ce petit tableau militaire qui obtient le plus vif succès.

Simultanément, la remise des décorations accordées aux autres officiers s'est effectuée dans tous les corps par les soins des généraux de brigade ou des colonels.

Ensuite M. Loubet prend place dans sa tribune, ayant à sa droite S. A. le Bey et à sa gauche le Président du Conseil. Les troupes, qui ont serré la colonne du côté de Saint-Cloud, s'ébranlent aussitôt et le défilé commence guide à gauche par bataillon en masse.

Le Ministre de la Guerre passe le premier

devant les tribunes. Pas un cri n'est poussé.

En revanche, dès que s'avancent derrière la musique de la Garde les Polytechniciens et les Centraux, correctement alignés, les applaudissements et les acclamations éclatent avec frénésie.

Le bataillon de Saint-Cyr, coquet et pimpant, obtient le suffrage de tous, les hommes admirent l'allure martiale des bataillons de la Garde, des pompiers et des régiments du génie de Versailles. Le 26e bataillon de chasseurs, qui défile d'un pas rapide aux accents saccadés de sa fanfare, déchaîne sur tout le parcours un enthousiasme indescriptible.

Ce sont ensuite les trois divisions d'infanterie.

En passant devant la tribune officielle, les drapeaux s'inclinent, les officiers saluent de l'épée. Le chef de l'État, debout, leur répond par un large coup de chapeau, tandis que le Bey porte la main droite à son front.

L'artillerie défile au trot par groupe de batterie et la cavalerie au petit galop de manège. Les artilleurs, les gardes républicains à cheval, l'escadron de Saint-Cyr, les dragons et les cuirassiers sont très applaudis.

Dès que le groupe des batteries à cheval a passé devant nous, le ministre, le gouverneur de Paris et leurs états-majors viennent se pla-

RÉPUBLIQUE FRANÇAISE

S. A. Mohamed El Hadi Pacha Bey, Possesseur du Royaume de Tunis, se rendra le vendredi 15 juillet 1904, 4 heures, au Fleuriste municipal.

La Municipalité vous prie d'assister à cette visite.

TENUE DE VILLE

Route de Boulogne — Arrivée par la porte d'Auteuil

PRÉFECTURE DE POLICE

12-15 JUILLET 1904

LAISSEZ-PASSER

CONSEIL MUNICIPAL DE PARIS

Cabinet du Syndic

Paris, 13 Juillet 1904

S. A. le Bey de Tunis se rendra le Vendredi 15 Juillet 1904 à 4 heures au Fleuriste Municipal.

La Municipalité vous prie d'assister à cette visite.

MM. les Membres de la Presse Municipale seront reçus à cette visite sur la présentation de leur carte permanente d'accrédité.

Le Syndic

Bellan

Tenue de ville

République Française

Liberté Égalité Fraternité

VILLE DE PARIS

Paris, le 11 Juillet 1904

Monsieur le Ministre,

La Ville de Paris recevra dans les salons de l'Hôtel de Ville le Mercredi 13 Juillet à 4 heures ½, Son Altesse Mohamed El Hadi Pacha Bey, Possesseur du Royaume de Tunis.

La Municipalité vous prie de vouloir bien lui faire l'honneur d'assister à cette cérémonie pour laquelle elle vous adresse les invitations ci-jointes.

Veuillez agréer, Monsieur le Ministre, l'assurance de notre haute considération.

Le Président du Conseil Municipal

République Française

Liberté Égalité Fraternité

VILLE DE PARIS

Paris, le 11 Juillet 1904

Monsieur,

Son Altesse Mohamed el Hadi Pacha Bey, Possesseur du Royaume de Tunis, sera reçu à l'Hôtel de Ville Mercredi 13 courant à 4 h ½.

La Municipalité vous prie de vouloir bien assister avec elle à la cérémonie de réception qui conservera un caractère absolument officiel.

Veuillez agréer, Monsieur, l'assurance de notre considération la plus distinguée.

Pour la Municipalité,

Le Syndic du Conseil Municipal

RÉPUBLIQUE FRANÇAISE

Son Altesse Mohamed El Hadi Pacha Bey, possesseur du Royaume de Tunis, sera reçu à l'Hôtel de Ville de Paris le mercredi 13 juillet 1904 à 4 heures et demie.

A l'occasion de la visite de Son Altesse Mohamed El Hadi Pacha Bey, possesseur du Royaume de Tunis, Madame est priée de vouloir bien se rendre à l'Hôtel de Ville, dans la salle des fêtes, le mercredi 13 courant à 5 heures et demie.

Tenue de ville de cérémonie

Ministère de la Guerre

REVUE DU 14 JUILLET 1904

TRIBUNE A

ESTRADE ANTÉRIEURE

ET CHAMBRE DES DÉPUTÉS

PIÈCES OFFICIELLES

cer au pied des tribunes, et la marche au galop en bataille de toute la cavalerie s'effectue immédiatement.

Elle n'a pas produit son effet habituel, parce que les escadrons ont été arrêtés un peu loin et surtout parce que le mouvement si imposant de : « Présentez le sabre ! » n'existe plus.

A neuf heures et demie, tout était terminé.

Le Président de la République et le Bey descendent de la tribune pour remonter en voiture. Les cuirassiers viennent encadrer le cortège qui prend le chemin du retour.

Comme au départ, le cortège s'arrête devant l'Élysée-Palace. M. Loubet et le Bey descendent de voiture. Le Président accompagne jusqu'au vestibule de l'hôtel notre hôte qui lui dit combien le spectacle qu'il vient de voir l'a enthousiasmé, et, après lui avoir serré la main, regagne sa voiture.

A 10 heures 20, M. Loubet était rentré à l'Elysée.

A midi, le Président de la République et Mme Loubet ont offert un déjeuner intime aux officiers généraux de l'armée de Paris promus dans la Légion d'honneur à l'occasion du 14 Juillet. A ce déjeuner étaient également invités les officiers de cuirassiers de l'escorte.

Le Bey, après avoir assisté à la revue de Longchamp, a déjeuné avec M. Brice, directeur des Affaires tunisiennes au Ministère des Affaires étrangères, le colonel Roulet, de la Présidence de la République, M. Riffaut, ancien Secrétaire général de la Résidence, actuellement Consul général à Budapest.

Le Bey, qui n'est pas sorti après le déjeuner, a fait remettre par M. Brice les insignes d'officier du Nicham à M. Lebon, officier de paix des brigades de réserve, qui est attaché à sa personne.

Tandis que le Bey, après la sieste, s'occupait des affaires concernant la Résidence, ses deux fils s'embarquaient place de la Concorde, sur le yacht de M. Dufayel, et faisaient une promenade en Seine, de la Concorde à Suresnes et retour.

A 6 heures et demie, le Bey, en habit, portant en sautoir le grand cordon de la Légion d'honneur, et au cou l'Ordre en diamants du Sang, s'est rendu, escorté d'un escadron de la Garde républicaine, au Ministère des Affaires étrangères; M. Delcassé offrait, en son honneur, un dîner, suivi d'une réception ouverte.

Ce dîner comportait quatre-vingt-dix-huit couverts.

Pendant le repas, l'orchestre de la Présidence, sous la direction de M. F. Desgranges, a exécuté un superbe programme.

Après le dîner a eu lieu une réception très brillante.

Le Ministère des Affaires étrangères avait sa façade décorée des drapeaux des Puissances accréditées près du Gouvernement de la République et très joliment éclairée.

Les délicieux jardins du Ministère étaient féériquement illuminés.

A 10 heures et demie, le Bey s'est retiré et est rentré à l'Élysée-Palace.

QUATRIÈME JOURNÉE. — Vendredi 15 Juillet

Le Bey de Tunis a eu, pour sa dernière journée de séjour parmi nous, à remplir un programme très chargé.

Le matin, dès 8 heures, accompagné de M. Pichon, de ses fils, du commandant Roulet et de sa suite, il s'embarquait à la gare des Invalides pour Versailles. Un wagon spécial lui avait été réservé.

A la gare de Versailles, le souverain était reçu par MM. Poirson, préfet de Seine-et-Oise; Baillet, maire de Versailles ; le général Jolly ; Pératé, conservateur adjoint ; Lambert, architecte du Palais, et Humberdot, conservateur de Trianon.

Les voitures qui attendaient le souverain se dirigèrent immédiatement vers le parc, escortées par un escadron de dragons ; la visite commença par le Grand-Trianon, se continua par le Petit-Trianon, la serre et le Hameau de la reine. Le cortège s'arrêta au musée des voitures, qui sembla intéresser le Bey, puis on fit le tour du parc où jouaient les grandes eaux.

Enfin, visite au château; notre hôte, légèrement fatigué, parcourt rapidement les appartement royaux, la galerie des Batailles, la galerie des Glaces.

Le Bey remonte en voiture pour regagner Paris par un train omnibus qui arrive à 11 heures et demie.

Après un court arrêt au Palace-Hôtel, le Bey, escorté par les cuirassiers, se rendait à l'Elysée pour assister au déjeuner d'adieu que lui offrait M. Loubet.

Le déjeuner a été servi dans la grande salle à manger. Mme Loubet avait à sa droite Si Mohamed El-Hadi et à sa gauche Si Mohamed El-Tahar. Le président de la République avait à sa droite Mme Combes, à sa gauche Mme Thomson.

A 1 heure et demie, le Bey prenait congé du président et regagnait l'Elysée-Palace avec le même cérémonial qu'à l'arrivée.

A 4 heures, le souverain ressortait de l'Elysée-Palace pour se rendre, en voiture avec M. Pichon, le commandant Roulet, ses deux fils et les personnages de sa suite, au Fleuriste municipal d'Auteuil où il arrivait à 4 heures 1/2.

La porte principale avait été ornée de plantes vertes et de drapeaux aux couleurs françaises et tunisiennes avec, au centre, des écussons aux armes de la Ville de Paris et des faisceaux de licteurs romains.

MM. Desplas, président du Conseil municipal; de Selves, préfet de la Seine, accompagné de MM. Bellan, syndic, et Bouvard, directeur des services d'architecture de la Ville de Paris, ainsi que les membres du bureau du Conseil municipal; Lampué, vice-président du Conseil général; Lépine, préfet de police; Touny, directeur de la police municipale. reçoivent le Bey à sa descente de voiture.

Le Bey est immédiatement conduit par M. Desplas et M. Bouvard aux serres. Il manifeste une vive admiration pour les plantes rares qui y sont cultivées, ainsi que pour les fleurs aux types multiples, et exprime ses regrets de ne pouvoir emporter en Tunisie des spécimens d'hortensias et d'orchidées qu'il admire beaucoup.

La visite terminée, le Bey est conduit au buffet, installé sous une tente jaune et or, dont les tables sont couvertes de fleurs multicolores.

A la sortie, les ouvriers jardiniers en tenue de travail sont massés près de la porte. M. Desplas les présente au Bey. Alors, le doyen des jardiniers, M. Bauer, se détache, prononce une timide allocution et présente au souverain une superbe gerbe de roses enguirlandée d'un ruban aux couleurs de la Ville. Le Bey remercie et félicite les braves ouvriers de s'être montrés à la hauteur de la tâche qui leur incombe.

A 5 heures 15, le Bey quittait le Fleuriste municipal, vivement acclamé par la foule massée devant la porte d'entrée.

Une demi-heure après, il était de retour à l'Elysée-Palace, où il faisait aussitôt ses préparatifs de départ.

Le Bey a quitté l'Elysée-Palace à 8 heures 40. Le service d'ordre était le même que lors de son arrivée.

Dans la grande galerie intérieure, six gardes municipaux en grande tenue de service ; à l'extérieur, au bas des marches, un cordon de gardes à pied et un demi-peloton de gardes à cheval.

Aussitôt après son dîner, auquel ont assisté le général Dubois, MM. Pichon, Brice, Roy et le commandant Roulet, le Bey, que M. Lépine est venu saluer, se dirige par le grand salon vers la sortie principale, qui donne sur l'avenue des Champs-Elysées. Les hôtes se lèvent et font une respectueuse ovation au souverain, qui, souriant, les salue.

Le Bey monte dans la première voiture, mise par la présidence à sa disposition ; à côté du souverain prend place M. Pichon, et, leur faisant face, le général Dubois et M. Mollard ; puis, dans les quatre autres voitures du Ministère des Affaires étrangères, vient la suite du Bey.

L'escorte est fournie par un escadron du 2e cuirassiers. Au moment du départ, la foule nombreuse acclame le souverain qui salue, et le cortège descend au galop l'avenue des Champs-Elysées. Par la rue Royale et les boulevards, il se dirige vers la gare de Lyon.

Sur le quai de la gare, le Bey fut reçu, comme à son arrivée, par le haut personnel de la Compagnie.

Sidi Mohamed serre la main de M. Noblemaire et se dirige vers son wagon en passant devant le front d'une compagnie de la garde républicaine. Le général Dubois monte avec lui dans le wagon et lui présente les adieux de M. Loubet.

A 9 heures 20, après que M. Paoli, qui accompagne le souverain, s'est assuré que tout allait à souhait, le signal du départ est donné, et le Bey, debout à la portière, salue, en souriant, les nombreuses personnes qui poussent les cris de : « Vive le Bey ! »

DEUXIÈME PARTIE

LA PRESSE ET LA PUBLICITÉ

Le présent ouvrage était terminé le samedi 16 juillet 1904, à 10 heures du matin, c'est-à-dire moins de douze heures après le départ de notre hôte.

A cette date quelques journaux illustrés seulement relataient les détails du voyage. Nous avons cru intéressant de signaler à nos lecteurs le nom de ces journaux si vivement renseignés.

C'est tout d'abord l'*Actualité* qui dans son n° 235, paru le 12 juillet nous donne le premier portrait du Bey.

La *Vie Illustrée* du 15 juillet reproduit la photographie du Bey de Tunis à bord du « Dunois » Le *Petit Journal illustré* du 17 juillet nous montre le Bey de Tunis pendant la cérémonie du baise-main. Le *Petit Journal militaire*, du 17 juillet, donne un instantané de la revue du 14 juillet, des croquis-charges, le portrait du Bey et celui de M. Pichon; terminons par le superbe numéro du *Gaulois du Dimanche*, intitulé : « Au pays du Bey », qui ne contient pas moins de trente-trois clichés. Les épreuves de ce numéro ont du reste été présentées à S. A. par l'envoyé du *Gaulois*. L'impression en fut excellente.

La *Presse* et la *Patrie* méritent un éloge spécial pour la note artistique qui a présidé au choix de leurs dessins, signés Charles Morel. Ces dessins représentent : le Président de la République recevant le Bey, — le Bey dans la daumont présidentielle.

L'*Illustration*, dans son numéro du 17, est pour une fois bien pauvre en documents. Nous n'y trouvons en effet qu'un seul portrait du Bey à cheval (?) et deux instantanés pris au passage du cortège.

Le *Petit Parisien*, le *Journal*, le *Matin*, ont agrémentés leurs textes de nombreux portraits de S. A. Mohamed, de ses fils, de M. Pichon et de la suite du Bey.

Peu de charges ont paru cette semaine, mais la gauloiserie parisienne nous réserve des surprises.

A signaler, au hasard de la rencontre, le dessin-charge, peut-être un peu irrévérencieux de Villemot, dans le *Journal* du 16 juillet, intitulé : « Il n'y a plus d'enfants ».

Parmi les articles à lire, nous signalons l'article de Louis Schneider, paru dans le *Figaro* du 11, sur M. Paoli, qui accompagna le Bey pendant son séjour en France.

Nos amis, les collectionneurs de bibelots politiques, apprendront avec plaisir que M. Paoli possède une collection unique de bijoux offerts par les monarques étrangers, pendant leur séjour en France, soit officiellement, soit en simples visiteurs. Il possède, en effet, une très grande quantité d'épingles de cravates, de boutons de manchettes et de services de fumeur. On prétend qu'il pourrait monter un véritable musée avec tous ces souvenirs.

M. Paoli devrait bien faire paraître avec ses pièces un volume dans la collection de l' « Histoire par le Bibelot ».

A lire encore l'article de Thomas Grimm, dans le *Petit Journal* du 9 juillet, sur les Beys de Tunis, et l'article paru dans la *Revue de Paris* sur les Beys. A signaler enfin l'article de H. de Granvelle, « les Impressions du Bey de Tunis », paru dans le *Gaulois* du 11 juillet.

Réclames

La réclame, qui ne perd jamais ses droits, a mis à profit le voyage du Bey pour lancer quelques nouveautés.

A signaler entre autres :

Les princes de la suite du Bey ont retenu à Marigny plusieurs loges, dans leur désir d'applaudir un spectacle dont le renom de splendeur, traversant les mers, est venu jusqu'à eux.

Et il n'y aurait rien d'étonnant à ce que le Bey lui-même, donnant au protocole un léger croc-en-jambe, insistât pour passer une soirée dans le charmant théâtre que la Mode a consacré.

Méaly, Arlette Dorgère, Simonne Rivière, Gaby

Deslys ont beau être habituées aux ovations et aux triomphes, cet empressement de nos hôtes à venir les applaudir ne saurait les laisser insensibles.

LE BEY DE TUNIS ET L'EAU

L'hôte de Paris passe à bon droit pour un esprit cultivé, au courant de tout et connaissant en détail le fort et le faible de notre civilisation. C'est ainsi que sobre autant que religieux, et ne buvant que de l'eau, le Bey aurait, dit-on, réclamé pour son usage quotidien, de l'eau de Saint-Galmier-Badoit, qu'avec les plus hautes autorités médicales il considère comme la boisson hygiénique par excellence.

Et enfin :

Une indiscrétion prêterait au Bey de Tunis l'intention de se dérober un peu au cérémonial officiel. Il aurait même manifesté le désir de se rendre, avec sa suite, à Saint-Cloud, où un somptueux déjeuner de gala serait servi dans la galerie des hortensias du Pavillon-Bleu, ce qui prouve chez S. A. un goût sûr et une grande connaissance du mouvement mondain.

Cartes Postales illustrées

La première carte qui fit son apparition pour commémorer ce voyage est un *portrait* du Bey de trois quarts,

La même a été agrémentée de paillettes d'argent.

Ces deux cartes ont été vendues le jour de l'arrivée.

A signaler également :

Le *portrait* du Bey repoussé sur carte rouge, ou grise ou verte ou bleue; au bas : S. A. le Bey de Tunis, en lettres blanches.

A l'heure où nous mettons sous presse aucune autre carte n'était en vente. — Nous sommes persuadés que d'ici peu de nouvelles séries d'instantanés seront livrées au commerce.

PROGRAMMES — COUPE-FILES — INVITATIONS

L'itinéraire du séjour de S. A Mohamed parmi nous a été imprimé sur papier gaufré, les camelots le vendaient au public en criant « Demandez l'itinéraire? Qui n'a pas son mouchoir japonais? »

Ces programmes sont au nombre de quatre qui ne diffèrent que par l'encadrement et le dessin qui l'orne. A l'intérieur le portrait du Bey et l'itinéraire sont les mêmes pour tous.

A signaler encore le *programme* de la Revue qui était orné du portrait du Bey.

Comme cartes d'invitations nous avons pu obtenir les suivantes, qui sont du reste reproduites dans les planches :

1° *Lettre d'invitation* pour la visite du Bey au Fleuriste Municipal (Nous recommandons aux amateurs de jolies pièces cette invitation sur simple feuille de papier à lettre et écrite à l'autocopiste !...)

2° *Carte d'invitation* pour la visite du Bey au Fleuriste Municipal. Cette carte est violette, les armes de la Ville n'y figurent pas.

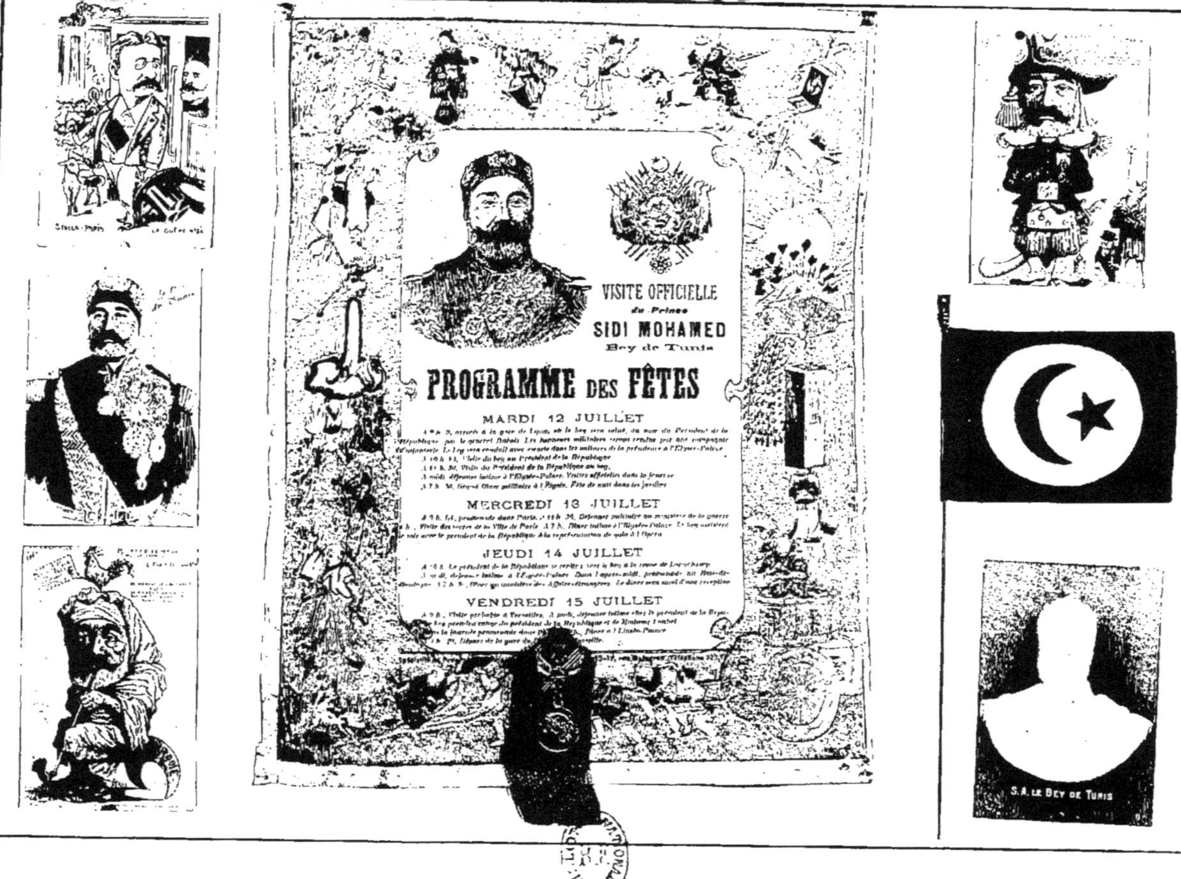

BIBELOTS DIVERS

3° *Carte d'invitation* pour la réception du Bey à l'Hôtel de Ville. Cette carte est blanche avec les armes de la Ville à gauche.

4° On peut ajouter ici toutes les *cartes d'invitation* pour la Revue du 14 juillet mais nous devons faire remarquer que le nom du Bey ne figure sur aucune.

5° Les *coupe-files* de la presse et de la Préfecture ne faisaient pas mention non plus du nom de S. A. Mohamed; pourtant il nous faut signaler ici.

6° *Laissez-passer* de la Préfecture qui porte comme dates (12-15 juillet). Cette carte blanche était barrée par une croix rouge et verte.

7° *Laissez-passer* de la Préfecture avec la date du 14 juillet 1904.

Les autres cartes de service et d'invitations, les programmes et les menus ne portaient aucune mention rappelant le séjour du Bey de Tunis à Paris; aussi nous sommes-nous dispensés d'en parler.

Divers

Pour terminer notre chapitre sur le bibelot et les pièces de collections politiques il faut ajouter:

1° *Photographie* du Bey exposée sur les Boulevards.

2° *Le même* portrait plus grand, se vendait 1 fr. 50 c.

3° Un *petit drapeau* tunisien avec lance ornait la devanture des marchands de jouets.

4° Un *autre* en laine a été vendu pendant les fêtes 0 fr. 65 c.

5° Un *mouchoir* en soie rouge avec le croissant et l'étoile, s'est vendu pendant les fêtes.

6° Un *foulard* rouge également en soie, se vendait 1 fr. 50 c.

7° Enfin comme bibelot, insigne, médaille, il n'y avait absolument rien. Les *médailles* que vendaient les rares camelots ne portaient même pas la date de 1904 ! Aucun profil du Bey, aucune date commémorative.

Vraiment nous avons à ce point de vue trop traité le Bey en ami et l'industrie parisienne habituellement si fertile en imagination ne s'est pas montrée créatrice géniale.

Ce qui est le plus comique c'est la profusion de souvenirs qui témoignent notre attachement à la Russie dans un moment où les efforts des Socialistes cherchent à nous en éloigner. On rencontrait en effet des milliers de drapeaux russes rappelant la visite du Tsar ou celle de l'Amiral Avellane. Le soir les lanternes vénitiennes aux couleurs russes se mêlaient aux couleurs françaises, et durant ces quatre jours de fêtes, les camelots vendent encore des insignes de 1896 et 1901, avec portraits du Tsar et de la Tsarine.

4675. — Paris. — Imp. Hemmerlé et Cie.

4675. — Imp. Hemmerlé et Cie.

www.ingramcontent.com/pod-product-compliance
Ingram Content Group UK Ltd.
Pitfield, Milton Keynes, MK11 3LW, UK
UKHW012115240726
13965UKWH00004B/1785